아,
그런 당신은 시인입니다

아, 그런 당신은 시인입니다

윤여칠 시집

내가 구겨진 종잇장처럼 느껴질 때
비에 젖은 꽃을 보았네
나는 지금 꽃과 함께 있다

좋은땅

시인의 말

사계절은 참 좋다.

시간이 흐를수록 더욱 좋다.

언제나 기분이 좋아지고 마음이 넓어지는 나를 느끼게
해 준다.

봄은 새로운 것들의 시작을 볼 수 있어 설레며 찬란하고,
여름은 열매가 열리는 것을 볼 수 있어서 반짝이고 빛나며,
가을은 열매를 거두는 것을 볼 수 있어서 황홀하다. 겨울은
자연에 머무는 시간이 조금은 적지만 역시 새하얀 겨울이
라는 이유로 사계절은 점점 좋아진다.

그러해서, 첫 시집『꽃처럼 아름답지 않더라도』, 두 번째
시집『오늘, 꽃을 보자』에 이어 세 번째 시집『아, 그런 당신
은 시인입니다』를 출간하게 되었다.

항상 사계절을 찬양하는 마음으로 시를 쓰고 시집을 내며 여러분들에게 이 마음을 드리고자 합니다.

2022년 2월

윤여칠

차례

여름

봄

감출 수 없는 봄 시인

어머니 아버지란 말에
눈시울 붉힌 적 있으신가요

방긋 웃는 아기 천사에
자지러진 적 있겠지요

반려동물과 때때로
윙크하시는가요

묶은 머리 좌우로 흔들며
목선에 땀 흐르는 운동하는 여자에,
묵직한 팔뚝을 움직이며
목소리 장단 맞추어 요리하는 남자에,

그 설레는 매력을 느낀 적 있으신가요

아,
그런 당신은
감출 수 없는 봄 시인입니다

그대, 꽃이 되었다

그대, 꽃이 되었다
나랑 눈 맞추니

나도 꽃이 되었다
너랑 손잡으니

우리는,
별처럼 꽃이 되었다

꽃바람

산에 들에
피고 지고
내 마음대로 할 수 있으랴

자연이 자연스럽게
사철이 화사하게

산에는 연두 연두
비탈에는 노랑 노랑
들에는 분홍 분홍

꽃들이
신바람 났네요

닮아 간다

산이 높다 한들
소나무 아래요
강이 깊다 한들
모래 위로다

위아래 모두
제자리에 있는 풍경

사람은
자연을 따라 닮아 간다

동백

툭,
시들기도 전
꽃송이째 힘주어 떨어진다
승자의 외침 소리
싱그럽다 못해 차다

툭 툭,
여전히 고운 자태
초록 새싹 동무하며
붉은 꽃송이 군무한다

툭 툭 툭,
짧은 생에 눈물짓는 봄비
겨울 봄
땅 위에 두 번 피고 지는 동백꽃

그저 슬프지 않은
사계의 붉은 융단 갈림길
고운 봄의 꽃향기라네

머잖아 봄

동지는
새 봄을 기다리는
희망입니다

봄을 재촉하며
휘날리는 눈은
겨울의 마지막 눈물입니다

이제 얼마 남지
않았습니다

늘 그리운 그대처럼
머잖아 봄이
불쑥 달려옵니다

봄

처마 밑에 봄볕 오고
봄볕 따라 봄꽃 핀다

벽화 따라 봄빛 내려
봄빛 가니 꽃잎 진다

그대 따라 햇살 오니
햇살 안고 사랑 온다

봄날에는

봄날에는
매일 나가야 한다
꽃구경에 바람난 햇살처럼

봄날에는
매일 나서야 한다
꽃향기에 취하는 바람처럼

봄날에는
그냥 너를 만나고 싶다
꽃처럼

봄 도착

창으로 들어오는
밝은 햇살
봄이 도착했음을
알려 줍니다

꽃 같은 미인이
함께 오고 있음을
나의 마음에도
울려 줍니다

봄은 나에게
이미 도착하였습니다

빛

어둠이 빛을 이기지 못하고
힘을 잃어 가는 풍경은
찬란했다

어둠이 빛을 잃을 때
회색 도시는 활발했다

사람과 도시는
한 팀이며 짝이지

하늘 아래 밝음은
어둠의 몸부림이다

사람은 꽃

나는
너는
사람은 꽃입니다

눈으로만 봐 주세요
사랑스럽게

향기로만 맡아 주세요
그윽하게

꽃은
그냥 꽃이에요

지나가는 바람도
꽃을 꺾지는 않는답니다

사랑은 마음

사랑은 멀리 있지 않아요

몸을 움직이면 춤이듯이
마음을 움직이면 사랑이거든요

그래요
나의 마음은 벌써
당신에게 움직였어요

새로운 길

새로운 길을 가다 보면
놀라운 그림을 만납니다

마음이 날아올라
발걸음도 따라가니

끝없는 인생길도
가벼운 길입니다

새벽빛

아름다운 새벽이에요

그 아름다움을 다 이야기할 수 없어

그대를 떠올립니다

어제의 고단한 삶을

오늘 희망의 시간으로 이어 주는

밝은 빛

그 새벽빛은

당신을 닮았습니다

수양버들

다산님 생가의 강변
부드러운 실가지 흔들림에
나도 따라 흔들리지요

바람 난 봄바람도
춤추며 지나가지요

일필휘지의 붓 끝처럼
나를 유혹하니
그 사연 내 님에게 전할 수밖에

아, 초봄이여

나무의 우듬지에서 새로 솟아나는
속잎을 보라

나무의 초리에서 살짝 돋아나는
속잎을 보라

우리의 봄은
마른가지 끝에서
소리 없이 새어 나온다

* 우듬지: 나무줄기의 끝
* 나무초리: 나뭇가지의 가느다란 부분

오월

꽃을 보는 눈이
밝아지는 5월

너를 보는 눈이
맑아지는 5월

나도 모르게 양손을 들어
초록 바람을 마시는
싱그러운 계절입니다

잊을 수 없어요

그 언제인가

그대를 처음 본 순간

나는 당신을 잊지 못합니다

세상은 잠시 멈추고……

볼 빨간 얼굴에

이슬비 내려앉는 느낌이었거든요

한강의 노래

1)

한민족의 삶이 한강 속에 있네

오랜 시간 바위처럼 아리수 흐르고 굴러

태고의 물결을 차고 가는구나

어류 이끼 물흙 수풀 속에

사람 숨결의 큰 시장이어라

2)

땅속 속살 끓는 마그마 열기

오늘의 따뜻한 세월 강 물결로

침묵의 얼음물 데워

오천년 이래 사람 역사와 동행하네

인간 생명의 축제장이어라

3)

눈 쌓이는 양이 녹는 속도를 질러

강물 위 두꺼워지는 혹독한 기적처럼

강물의 안과 밖에서 이내처럼

미래 삶의 터전을 노래 부르리

인류 노래의 윤슬 장이어라

4)

강물의 길은

더 낮은 곳으로 더 넓은 곳으로

바다를 닮아 간다

후랑추전랑(後浪推前浪)의 자연스런 이치로

호탕하게 흐르고 흐르고

또 흐른다

한 번쯤

우리

걸음을 멈추자
숨을 고르며 쉬어 보자
누워서 하늘을 바라보자

우리 한 번쯤
나를 보자

호수

호수는
크지 않을 때 사랑스럽고
깊지 않을 때 따사롭지요
그대처럼

그 호수에
바람 불어 잔물결 일거든
그대 향한 내 사랑이
다가온 줄 아세요

호수의 물은
넘치지 않을 때 아름다운 것처럼
당신의 사랑도 그만큼이면
좋겠습니다

여름

멈출 수 없는 여름 시인

오늘은 강렬한 해가 뜨고 지지만
내일은 달이 지고 뜬다는 것을
아시나요

저 들의 풀꽃이
나만큼이나 처연히 살아 내고 있다는 것이
보이시나요

별이 빛나는 저 밤하늘을
애인 보듯이 바라보는 당신

시를 읽으면
여름날 녹아내리는 아이스크림처럼
무장 해제되는

아,
그런 당신은
멈출 수 없는 여름 시인입니다

결혼합니다

각자의 꽃을 보며 성장한 우리

이젠,

별을 바라보며 함께 가려 합니다

시냇물 건너고 언덕을 넘으며

맞잡은 손 꼭 잡고

흔들며 가겠습니다

봄바람 같은 따뜻한 마음으로

앞날을 축복해 주시면 감사하겠습니다

깊은 계곡에서

깊은 산속에 들어와
무념으로 계곡을 걸으며

시원한 물을 만지고
무상으로 세족도 한다

두 팔 벌려
별빛으로 샤워를 하고
별빛을 친구 삼는다

또 빛나는 하루를……

꽃과 함께

내가
구겨진 종잇장처럼 느껴질 때

비에 젖은
꽃을 보았네

나는 지금
꽃과 함께 있다

꽃으로

꽃으로 세상을 수놓자

꽃으로 세상을 채우자

꽃으로 세상을 색칠하자

꽃으로 세상을 노래하자

너와 함께하는 세상은

꽃처럼 아름답다

꽃 이야기

하늘도 바람도 꽃도
내 편입니다

날마다
꽃마중 하고 꽃마실 가니
매일 매일이 소풍이네요

아기도 꽃
엄마 아빠도 꽃
꿈속에서도 꽃
꽃 피는 마당

꽃밭에 물을 주니
꽃무지개 뜨네요

내 마음은 언제나
꽃 피는 정원입니다

나는 꽃

햇살은 얼굴로 안고
바람은 두 팔로 안고

자연이 나에게로 와서

나는
꽃이 되었다

나는 날았어

드디어,
나는 날아올랐어

천장 뚫고 하늘까지
뛰어올랐어

지금까지
너와 함께
힘차게 걸었으니

바람

눈에 보이지 않는다고
바람이 없는 것은 아니다

꽃잎이 흔들려야만
바람이 있는 것도 아니다

바람은
언제나 지나가는 것이다

별 흐르는 강

밤하늘에 빛나는 별

하나둘 내려와
내 마음에 앉으며

또 다른 별 내려와
너의 눈에 반짝인다

그대여,
나와 손잡고
별 흐르는 강을 건너가자

산꼭대기에서

더 오를 길 없는
이곳

하늘과 땅과 내가 어우러지는
행복한 사다리

내 님과 손잡고
오르고 싶다

새벽 산책

새들은 청아하게 노래 부르고
이슬은 청결한 생명수를 머금으며
바람은 청신하게 스치우고
햇살은 청명한 따뜻함을 내려 주니

이름 모를 꽃들은
너에게
청순한 미소를 짓는다

새의 눈으로

내가 새의 등을 탔어

꽃을 보니
사랑스레
눈빛이 낮아지고

별을 보니
발그스레
눈빛이 높아집니다

날아가며 바라보는
마법 속의 세상은
오늘입니다

애인

나는 꽃밭에 서서
외쳤다
사랑하는 사람 있어 참 좋다고

강물에 가서도
소리 질렀다
나는 너를 따라 흐르겠노라고

오늘도
나는 너를 부른다

오늘

동이 튼다

꽃을 보자

노래 하자

춤을 추자

별이 진다

24시간은 살아 있다

정원은

시간을 이기는 곳이다
마음을 만나는 자리다
치유하는 병원이다
채워 주는 놀이터이다
생명이 솟아나는 샘물이다
한 줌 흙의 생명이다
기다리는 정거장이다

그대여!
정원에서 놀자
정원에서 살자

젖은 꽃

물방울 머금은 꽃만큼
예쁜 꽃이 또 있으랴
온 세상 영롱하다

물방울 떨구는 꽃만큼
슬픈 꽃이 또 있으랴
내 마음 순해진다

비에 젖은 꽃은
태양을 그리워하지 않는다

좋으니까

바람이 달다
구름은 왜 이렇게 예쁘고

이 고개 넘으면
얼마나 또 좋은 풍경이 펼쳐질까

건강한 나 고맙고
시를 쓰니 그냥 좋고

나를 쓰다듬어 준다

초록을 먹다

깨끗한 하늘
뜨거운 태양

숲에 스며든 나

산에 내려앉은
싱그러운 나뭇잎들

오늘은
눈으로 초록을 먹었다

팔월의 노래

여름을 내뿜던
매미의 노래 끝자락에서
가을 내음이 솔솔 나오니
임 그리워지고

나무의 짙은 잎사귀 끝자락에서
낙엽의 옅은 색깔이 보이니
나는 쓸쓸해집니다

여름의 끄트머리에서
태양의 뜨거움을
가슴에 담아 두고

설레는 마음으로
내 가을을 맞이하겠다
8월은 노래합니다

희망

나는 두렵지 않아요
한 줄기의 햇살만 있어도

나는 외롭지 않습니다
한 줌의 소망만 있어도

나는 숨지 않으려 합니다
한 결의 희망만 있어도

당신을 바라보는
나의 눈동자 있으니

가을

잊을 수 없는 가을 시인

아기를 안고 졸고 있는 아빠를
귀엽다 느낀 적 있으신가요

가을 냄새에 끌려 산으로 강으로
나도 모르게 달려 나가십니까

붉은 저녁노을에
넋 놓고 앉아 계십니까

떨어지는 낙엽에서
봄날의 새순이 보이는 당신이십니까

아,
그런 당신은
잊을 수 없는 가을 시인입니다

가을 산행

비가 많이 오고
온난화 땜에
단풍잎 멋이 좀 그러네

빗물 철철 흐르고
햇살 따스하니
계곡수 맛이 좀 있네

이나저나 이래저래
산들은 살아 있네

가을 풍경

감사한 일이 많아요
그제까지도

그리고
어제도

아, 오늘은
이 놀라운 가을 풍광을
무상으로 보아도 되는가
다시 감사한 마음입니다

가을엔 그냥

가을엔
그냥 돌아다니고 싶어요
바람과 함께

올 가을엔
마냥 돌아다니고 싶어요
그대와 손잡고

가을엔 그렇게
하늘색 쏟아지는 곳으로
달려 나가고 싶습니다

가을의 마지막

창밖의 단풍잎은 모두 떨어졌을까
옷깃 여미는 찬바람은 멈추었을까

오늘도
눈을 뜨며
걱정이 많아진다

나의 님은
아직 오지 않았는데

가을아,
그대로 멈추어 주렴

강변마루에서

매일 그런가

서쪽하늘 저녁노을이 점점 퍼져
동쪽하늘 아침노을로 물들고

온 하늘이 붉은색 향연으로
어제와 오늘을 노래한다

붉은 노을의 바다에서
나는
너와 함께 춤추리라

계절

계절은

바람처럼

다가오는 것이 아니라

내일처럼

가져오는 것이다

고향

저 언덕 넘으면
꽃 피는 마을 나오고

저 시냇물 건너면
별 뜨는 들판 보이겠지

가자
나의 고향으로

그냥

그냥 이란 단어가 좋습니다
왜냐고요?

그냥
사랑하고 싶고요
사랑받고 싶어요

그냥
노래하고 싶고요
노래듣고 싶어요

그냥
시를 읽고 싶고
시를 쓰고 싶어요

'그냥'이란 말이 참 좋습니다
왜냐고요?
그냥요…

그리운 날

살다가 그리운 날에는
달려오십시오
그리움만큼
마음은 깊어지고

살다가 보고픈 날에는
뛰어오십시오
보고픈 만큼
가슴은 넓어집니다

살다가 가끔은
눈을 감고
그대를 바라봅니다

꽃

꽃이 피어오른다
우리 아기님처럼

꽃이 스러진다
우리 부모님처럼

그래, 인생은
아름다운 꽃이다

낙엽이여

낙엽이여,
바람이 그대를 유혹할지라도
흔들리지 마세요

자랑스러운 그대와
함께한 세월을 기억할게요

내년 봄 싱그럽게 다시 피어날
잎새를 생각하며

지금은
땅속 온기를 마시며 숨을 쉬세요

단풍잎 하나

천지에 없는 색
세상에 없는 몸
단풍잎 하나

오련폭포
기암괴석 계곡수에
홀로 띄워 물 따라 흐르니

내 분신,
이 별세계에 찬란하다
이 신천지에 홀연하다

빈 들

꽃 풀 억새 가득한 들판
지고 떨어지니
허허하다

그 빈 뜰에 햇살 충만하니
너 따스하고

저 빈 들에 바람 가득하니
나 풍성하다

억새 줄기에 다시 피어나는 꽃
빈 가슴을 두드리겠지

설악초 씨앗 터지다

'탁탁' 터지는 소리가 들렸다
설악초 씨앗이 흩어져
내려앉는다

그 소리에
아기들의 웃음소리가 보이고
그 폭죽에
아이들의 꿈이 날아서 퍼진다

씨앗은
생명의 우주이다

애기 단풍잎

고 작은
애기 단풍 한 잎에

빨강 진빨강
노랑 순노랑
초록 연초록

온 세상 색·색·깔·깔의
잔치가 벌어졌네

여행 풍경

여행을 하다 보면
나도 하나의 풍경이 된다

그래 말없이 걷고
가끔 마주 보다
또 걷는다

지나온 뒤안길도
참 예쁘다

웃는 얼굴

둥근 달
산등성이 따라
환하게 떠올랐네

당신의 얼굴
달 따라 떠올라
환하게 웃고 있네

웃는 얼굴
참 예쁘다
참 좋다

제자리

바람 한 결도 고맙고
빗방울 하나도 감사하고
눈송이 하나도 반갑다

구절초가 겨울과 눈 맞추고
목련이 꽃눈을 부풀리고

꽃들은
보고만 있어도 애틋하다

회귀 중

고사목은
자연으로 가는 중입니다

인생은
고향으로 오는 중입니다

그러니
나도 오고 가고
너의 마음도 가고 또 오고

흔들리는 가을

무심한 바람결에 흔들리는 건
나무 잎새일까
내 마음일까

쓸쓸함보다
매서움을 향한 동정이겠지

흔들릴 때는
그리움으로 묶어 두자

겨울

참을 수 없는 겨울 시인

엄지장갑 속 맞잡은 손의 따뜻함에
감사한 적 있으신가요

따스한 커피 한 모금에
세상을 다 가진 듯
슬며시 눈을 감는 당신

창 너머 양지 바른 곳에
살짝 내려앉는 햇살을
고마워하신 적 있으신가요

얼음장 밑으로 흐르는 따뜻한 기운을
느끼신 적 있으신가요

아,
그런 당신은
참을 수 없는 겨울 시인입니다

갈등

수없는 다툼으로 사는 사람들
한없는 갈등으로 가는 세상 일
그럴 수밖에 없지요

그렇다면
생각을 모아 봅니다
그렇다고
갈등을 완전히 없앨 순 없겠죠

감탄사 동반하는
명답이 있었네요

적절하게 '잘' 다투는 일이죠

겨울날

더 비워야 할 것도
더 넣어야 할 것도 없는
엄혹한 겨울

따뜻한 나의 가슴에
당신을 초대합니다

그대는
망설이지 마세요
그냥 오세요

그러면,

겨울은
바람처럼 지나갑니다

겨울 숲

오로지
숲에 눈길을 줄 수 있고
숲이 숨 내는 소리에
더 귀를 기울일 수 있다

내일

내일이 기다려집니다
기다려지는 사람입니다
기다려지는 삶입니다

내일이 기다려지는 이유는
내가 그대를 기다리기 때문인지도
그대가 나를 기다리기 때문인지도

어제처럼
오늘도
내일이 기다려집니다

너는

너는
나에게

시가 되고
노래가 되고
사계절이 되고

너는
내가 되었다

다산 초당에서

동박새 온종일 우짖어
꽃을 노래하니 낭낭하고

대나무 서걱서걱 소리
합창하니 산울림 크다

초당 연못에 떨어지는 물방울
천둥소리 위에서 내려오니

세월의 찬바람에
동백꽃 송이째 툭 떨어져

그 님은 붉게
그렇게 서 있었다

돌탑

매끈한 돌 쌓으면
일찍 무너지고

평범한 돌 쌓아도
쉬이 무너집니다

투박한 돌 작은 돌
어우러져 오래가듯이

우리의 삶도
좋은 일 힘든 일 어우러질 때
우뚝한 이야기 돌탑 세워집니다

겨울   *87*

동행

여행은 왕복이니
오고 갈 수 있으나

인생은 편도
외길이며
외로운 길입니다

그대와의 동행은
꽃길이며
아름다운 길입니다

마음길

나와 다른
나의 길이 있다

내가 바라보지 않은
내가 바라보지 못한
길

지금 가는 길이 아닌
그러나 가야 할
또 다른 길

너와 손잡고
가야만 하는 길

마음에도 길이 있다

백조의 호수

초겨울에 날아온 하얀 진객은
우아하면서 귀한
내 마음속의 겨울 손님이다

호수와 어울려 춤을 추고
바람의 여유로 노래하며
대합창의 뮤지컬을 연출한다

이제
두두두 다다다 힘찬 발걸음
날갯짓으로 하늘을 날아올라
북쪽 나라로의 여행을 시작한다

멀리 되돌아가는 외로운 길에
다시 찾아올 따뜻한 남쪽 나라의
이야기를 전하는구나

겨울날 팔당호수는

백조의 호수이며

고니의 낙원이다

별빛 친구

하늘 저편에서
모스 부호처럼
별빛이 반짝입니다

깊은 어둠 속
미지의 친구가 보내는
신호들을 바라보면

이 넓은 세상의
한가운데서도
외롭지만은 않습니다

섬

도망치고 싶다
세상과 떨어지고 싶다
외로워지고 싶다
길 끝에서 서고 싶다

심심하고 싶다

그럴 때
우리는 섬에 간다

성산일출봉에서

오르니 만 가지 풍광이 보인다

우뚝 솟아 오른 성채 위
거대한 접시 놓아
눈부신 해돋이 빛 모아 담는다

해변가 바다를 내려 보니
전복 속껍데기 비취색처럼
물색이 잔잔하게 빛나네

비취색 목걸이 만들어
걸어 주고 싶다
너에게

알 수 없어요

나는 왜 흔들리는지
알 수 없어요
지나고 보면 바로 가고 있는데

당신은 왜 멀어지는지
알 수 없네요
나중엔 너무나 그리워지는데

우리는 왜 다투는지도
알 수 없습니다
결국은 화해하며 살아가는데

모르겠습니다
나는, 정말 모르겠습니다
그것을 인생이라 하는 것인지

겨울

애기 동백꽃

흐드러지게 꽃 피니
정열의 겨울 꽃이오

비장하게 꽃잎 떨어지니
분홍빛 붉은 융단의 꽃이로다

진홍빛 매서운 겨울 추위
그래도
당신의 애기동백은 핀다

얼지 않는 강

얼지 않는
마음의 강

마음속
색동의 물결

웃을 뿐

그저 빙긋 웃지요
그냥 방긋 웃어요

바람만 흘러갔다

지는 꽃도 아름답지 아니한가

장모님 왜 이러십니까

어머니 왜 그러세요

엄마 그러시면 안 됩니다

내 눈에서 물이 흘러내립니다

흰 머리에 무표정

꼭 다문 입술

초점 잃은 눈동자

엉거주춤한 걸음걸이

휠체어에 의지한 몸

길게 파인 주름 골짜기에

세월이 깊게 내려앉았네

세월이 조각한 담담한 주목처럼

그 자리에 초연히 앉아 계시네

거울

한없이 깊은 산속 굳건한 바위처럼

가족을 받쳐 들고 살아오신 어머니

한여름의 그 뜨거움을

커다란 나무 그늘로 막아 주시고

긴 겨울의 그 차가움을

커다란 나무 기둥으로 장막을 쳐 주신 어머니

끝없이 넓은 들판

외로이 홀로 피어

들꽃 같으신 어머니

이제,

바람 향기 따라

달빛 물결 따라

훨훨 날아오르시려나

고향 마을의 큰 나무 꽃이여

마음의 달항아리 백자 꽃이여

이 어찌

지는 꽃도

아름답지 아니한가

포구에서

오늘 새벽도

어둡고

하늘과 바다 구분이 무겁다

포구의 작은 불빛

힘겨운 작은 배 하나 다가오니

어둠이 물러간다

오늘 아침도

희미하고

바다 구름 짙푸르다

붉은 등대빛 반짝여

묵직한 큰 배 한 척 들어오니

해무가 사라진다

언제나

어둠이 안개가

아침을 가리지 못하는

이유다

함박눈

겨울날의 끝자락
함박눈이 옵니다

민들레 홀씨 닮은
꽃망울보다 커다란 하얀 눈

사나운 바람에
이리저리 춤을 추며
내 마음의 창가에
내려앉습니다

함박눈은
나의 가슴에 하얀 천사의 선물이며
밝은 봄날의 전령입니다

아, 그런 당신은 시인입니다

ⓒ 윤여칠, 2022

초판 1쇄 발행 2022년 3월 30일

지은이   윤여칠
펴낸이   이기봉
편집   좋은땅 편집팀
펴낸곳   도서출판 좋은땅
주소   서울특별시 마포구 양화로12길 26 지월드빌딩 (서교동 395-7)
전화   02)374-8616~7
팩스   02)374-8614
이메일   gworldbook@naver.com
홈페이지 www.g-world.co.kr

ISBN   979-11-388-0791-3 (03810)